乡村情歌

盖 坦/著

吉林文史出版社

内容提要

　　这是一本以叙事为主的抒情诗集，收集了作者诗作共72首。诗集反映了中华复兴的时代所呈现出的不同的精神风貌和崭新的思想境界。作品健康向上，催人奋进，流露出作者对农村生活的深刻体验和独到见解。

　　本诗集，对准备恋爱或正在恋爱中及已婚者，都会有所借鉴和反思……

目　录

第一辑　太阳宇宙的统帅

第二辑 腾云驾雾的巨龙

第三辑 最美的笑脸——月亮

第一辑　太阳宇宙的统帅

太阳，宇宙的统帅

宇宙浩瀚茫茫。
宇宙无可丈量。
谁是宇宙的统帅？
唯有金灿灿的太阳！

啊！太阳，金色的太阳，
把宇宙和地球照亮。
您给尘世人间勃勃生机；
您给所有生命成长的力量。

大地有了您——太阳！
才有青春的绿，胭红的香；
才有耕耘的汗水；
才有收获的金黄。

海洋有了您——太阳！

才有柔情的波，澎湃的浪；
才有百舸千舰的威武雄姿；
才有海燕高傲、银梭满仓。

天空有了您——太阳！
就有光的温暖，世界的辉煌。
就有和平友谊的欢乐，
就有大鹏展翅，雄鹰翱翔。

人类有了您——太阳！
就有不懈的追求和理想。
就有人间的恣情和相爱；
就有不畏峰高勇攀登的疯狂。

啊！太阳，太阳——
光辉灿烂的太阳！！

（2011年6月）

春　风

春风吹，杨柳发，
吹红了蒲公英、吹开了白兰花。
春风啊，你复苏了万物与生灵，
你给世界带来春的繁华！

啊，春风——春风！
你吹拂山峦换上新装；
你给树林披上缥缥青纱。
你吹拂原野铺上绿毯；
你给果园戴上翠坠银花。

春风啊，你抚爱万物，
赐予大自然最新最美的图画。
春风啊，你更爱鸟兽生灵，
使它们从冬眠醒来觅食和玩耍。

啊，春风——春风！
你用忠诚无私的胸襟拥抱大地；
你以执着的追求使种子萌发。
你使人类的生活更加丰富多彩；
你把欢笑和爱送至万户千家！

啊！春风、春风，
你是谁的象征？！

（2014年4月）

少女风采

室内独梳妆；
闹市常结伴。
马路上，英姿飘洒；
小巷里，谈笑非凡。

您，春天里的小燕子
——自由自在，风度翩翩。
您，夏令里的含羞草，
——时喜时忧，多情善感。

心里有着黄金般的憧憬；
梦里编织着七色花篮。
您却不轻易表露；
只是默默地求索妆扮。

想望着枝繁叶茂的季节，

嫌时光过得缓慢。
当来临和满足的时候，
您又云，多快啊——时间！

（2012年6月）

情系蓝天

天空，蔚蓝辽阔，
清风带来媒体电波，
美俄声称空运优势，
如今世目聚焦中国。

啊，科学发展——深化改革；
春风化雨——大雨滂沱。
祖国啊，祖国，
你造出世界之最的空中货车！

啊，我们的大货车，
凝聚着民族智慧科工的心血。
啊，我们的大货车，
给日月添彩、使江山增色。

它满载"中国梦"的硕果，

在欧亚蓝天上，
在世界上空，
奏响经贸友谊的曲曲凯歌！……

（2013年11月）

信 号 塔

你不爱大街，
你不恋闹市，
你选择了江边海角，
你爱上了山丘大地。

日落日出、花谢花开，
朔风刺骨、炎炎烈日，
你和你的同伴啊，
都巍然屹立。

你是天使的化身，
你有钢筋铁骨的身体。
是你默默奉献的信号塔哟，
人人熟悉爱戴的名字。

是你的身影遍布神州，

是你把各种信息传递！
是你把友谊和爱情种子播撒，
也是你啊——
把各族人民的心，连在一起！……

（2010年5月）

隐藏的爱

朋友，我的朋友，
希你敞开心灵的窗口。
但愿你爱上这支飞来的情歌，
希望你接纳这股珍贵的暖流。

为什么想爱你不敢爱，
为什么想追求又不去追求。
本来你有颗炽热的爱心，
又何必隐藏。

啊，坦诚地告白吧、朋友，
欺骗自己的滋味怎能忍受。
想爱就大胆地去爱，
想追求就勇敢地追求！

（2012年8月）

三月晨曲

天茫茫、地苍苍，
早春晨曦见轻霜。
巍巍山巅捧红日，
炊烟袅袅嗅菜香。

一对对、一帮帮，
红绿头巾着装亮。
夫妇并肩奔果园，
欢声笑语洒路旁。

果树片片遍山村，
家家户户修剪忙。
手中剪锯伶又俐，
废枝余条坠地上。

郎比妇、妇赛郎，

有说有笑喜心狂。
齐心合力创高产哎，
日夜甘甜乐华昌！……

（2014年3月）

风流的春梦

不知多少次魂牵梦萦，
你我相聚在瑰丽的梦中。
时而海滩、公园，
时而山塔、凉亭。

你面若桃花向阳，
你体态春柳轻风。
我们牵手漫步，
我们歇坐叙情。
泪盈眶——两心在碰撞，
喜盈盈——四目秋波生。

你偶尔搂住我的肩膀，
我紧抱你怎肯放松。
火火的陶醉啊，
默默的融情。

彼此沉浸肤爱的旋涡，
喜悦和激动模糊了眸瞳……

春梦啊春梦，我爱你——
因为你陪我一起，
度过多少甜蜜的梦境；
春梦啊春梦，我恨你——
因为当我从梦中笑醒，
却一无所获、两手空空。

啊，春梦、风流的春梦，
愿你走出缥缈的幻影——
在生活的实践中，
伴我同行，同行……

（2011年5月）

大小尖山

山，有千姿百态，
山，有幽默也有惊险。
可你岂能想到呀，
有对孪生姐妹矗立在辽南。

"大尖山、小尖山，二山并出"；
"小尖山、大尖山，小大并尖"。
这是世人对姐妹秀姿的精述，
也是古人留下的美妙赞言。

婷婷玉立的孪生姐妹哎，
在这里安度了千万年。
她们坦然豪爽并不寂寞，
因有寺庙里的尼姑相伴。

姐妹日日夜夜，月月年年，

一步也不肯离散。
她们关注着庙堂里的姊妹；
她们眺望着人间的磅礴巨变！……

春天来了姐妹披上绿纱，
到了秋天她们换上橙衫；
冬季里姐妹穿上白袍，
盛夏时她们身着墨绿花枝招展！

光阴流水去、乾坤在变换，
如今，一座新寺庙落成尖山前。
庙堂里的姊妹住上新居，
她们也为之祝福——心欢！
……

（2012年10月）

白杨和绿柳

在那山间河畔，
在神州大地上，
有多少白杨、绿柳，
枝繁叶茂、充实茁壮。

啊，绿柳、白杨，
你们接受了风雨的洗礼；
你们吸收了甘露、阳光。
而今，告别了林园，
身植四面八方。

白杨啊，笔直钢毅；
绿柳哟，伶秀飒爽。
你们在明媚的春天里，
交相舞枝、爱蜜情长。

白杨、绿柳啊，
你们虽没牡丹的娇艳，
也不具玫瑰的芳香。
你们却有执着向上的信念，
却有高耸参天的理想！

看，你们枝交如牵手，
情投意合，寒暖共享。
你们在蓝天下摇曳，
给大地以新鲜的给养……

啊，青春的白杨、绿柳，
象征着帅气的小伙、姑娘。
你们是祖国的骄傲，
你们是民族的希望，
因为你们是中华复兴的栋梁！
……

（2112年9月）

古老的小河

家乡有条古老的小河，
村路从河上穿过。
千百年的压踏凌辱啊，
何时才能解脱？
它日夜不息的呼唤，
天长日久从未停过……

如今，这条古老的小河，
一座大桥从它身上跨过。
从而告别了轮蹄脚步的苦衷，
潺潺的绿水昼夜欢歌！

如今，这条古老的小河，
是谁给它增添了新的姿色？

是时代的铿锵脚步，

是新村规划里的一曲短歌！……

（2011年8月）

你 与 我

你虽没有蔽月羞花之容，
也不曾有沉鱼落雁之美。
但你那特有的自然魅力，
却使人喜欢与陶醉。

你是陪风逐浪的夏莲，
你是傲霜斗雪的腊梅。
你的性格如玉石、铜铃，
你的情怀大海般深邃。

我崇拜你啊勤奋洁净的渠水，
我赞美你啊心胸坦阔的云贵。
我喜欢你啊伶俐矫健的海燕，
我爱抚你啊晶莹碧透的翡翠。

你秋波含情却不把内心表白，

百年青黄啊何需如此乏味。
爱莫羞涩欲大胆地去爱，
让缘份的彩绸把生活点缀！……

（2013年6月）

可爱的校园

华丽的楼房披上朝霞，
红旗在楼台上空飘打。
一位位园丁精神抖擞，
期待着飞驰而来的校马。

当一串铃声唱响，
升起的太阳把温暖播撒。
园丁用满腔的热血和抚爱，
浇灌着片片芳草、小花！

一周、一月、一年，
送走了秋实又迎来春华。
红花绿草在茁壮成长，
园丁啊，您却一颠花发！

无偿的九年义教，

走过了多少春秋冬夏……
花草啊你将化做无数只云鸟，
从这里，飞向理想的地角天涯！

（2011年6月）

夏　夜

在明月皎皎的夏夜，
你约我来到村头。
你拉着我的手去往河边，
慢步低语、情思悠悠……

我们并坐在桥栏上，
握紧了四只手。
虽没有滔滔的话语，
两双眼睛却对答如流。

我们既然相爱，
就要天长地久。
是啊，你我走到一起，
就要长相厮守。

是真爱何必表白，

是深情无需开口。
水面浮萍的承诺，
岂不是梦呓醉酒。

星星含笑祝福我们，
月亮银辉把我们挽留。
你倾倒在我的怀里，
我抱紧你，久久——久久……

（2012年7月）

老 铁 山

山峦连叠起波澜，
岭岗沟壑把手牵，
唯独你啊老铁山，
默默兀立在一边。

你是顶天立地的巨人，
你是梦想的思源，
似乎你在忏悔自己，
无聊虚度千万年……

你有美梦和理想，
能给人民带来福祉、甘泉。
有谁能为你包装啊，
何人能为你接通脉管。

啊，来了——盼来了！

是那新时代的汹汹大潮；
是那繁花似锦的春天。
实现了，你蕴藏千年的夙愿！

今日的老铁山啊，
你头顶天池盛满玉浆甘泉。
你用躯体的脉线啊，
把百亩果园浇灌。

今日的老铁山啊，
你终于露出巨人的笑脸。
你给人民送来了美酒佳肴，
你给后昆留下由衷的感言！

（2009年4月）

你是否懂得

你是否懂得，朋友！
何为人间爱长久？
爱情且莫死水一潭，
要学小溪弯悠悠，
爱情且莫高峰巍巍，
要象并列的山丘。

你是否懂得，朋友！
何为人间爱长久？
爱情且莫枯枝败叶，
要做更新的枝头，
爱情且莫寒霜冷雪，
要如暖风拂翠柳。

你是否懂得，朋友！
何为人间爱长久？

你要学土壤的真挚；
你要学春风的温柔。
你可像大海一样浪漫；
你可像蓝天一样风流！……

（2013年8月）

路　灯

提起路灯，
你会有美好的联想——
城市的广场、马路，
还有那大街、小巷。

在你心中的山村夜晚，
路无灯火，街无亮光。
山田路沉睡，
夜海静茫茫。

啊，你何曾想过，
历史写下新篇章。
今日的新村夜晚啊——
村路两旁火树银花，
街院楼后灯火辉煌。

那璀璨的路灯闪银光，
吸引了嫦娥和吴刚；
他们并肩携手下凡来，
情言愫语笑声朗。
老少男女遛街头哟，
有说有歌、喜洋洋！

（2012年7月）

苍 松 恋

两株郁郁苍松，
耸立在桃山前。
风风雨雨七十载，
依然挺拔强健。

啊，它们虽已高龄，
但，情感依旧，爱心不减。
看，它们枝交如臂芒翠如衫，
不移不舍、终身相伴。

它们享乐过和风暖日，
也经受过酷热严寒；
它们拥有过青春年华，
也品尝过相爱的欣欢……

啊，幸运的苍松，

改革的新雨把它浇灌。
它们亦是老来少啊，
不萎不馁更昂然！

夕阳红啊苍松恋，
但愿孤松有良缘。
社会丰余苍松翠，
梦中小康，就在眼前！

（2013年9月）

苗圃九月

苗圃九月重彩浓墨，
订货客商来往正火。
沈阳、长春、北京的……
——还有日本和韩国。

瞧，金黄、翠绿、紫红、白兰……
多种风景苗木五颜六色。
——似彩毯铺地，
——若湖面霞波。

听，笑铃阵阵、话语幽默，
时而传出几声情恋的歌……
这是经管技术队，
一帮姑娘和小伙。

尽管烈日炎炎、风吹雨泼，

科管不漏一个环节。
辛勤耕耘使苗木各显奇姿，
汗水滴滴赢得百城顾客。

苗圃啊！你是美化市容的摇篮，
苗木啊！你是育苗人献出的杰作。
风景树苗给城街披上彩装，
风景树种美容了母亲——祖国！

（2011年9月）

失恋之后

你本来正值春天，
为什么黯然霜秋！
不见了潇洒与风度，
几分憔悴，几分忧愁！

是因你心爱的小船，
早已扬帆远游。
留下的只有杂乱的残网，
还有空虚寂寞的码头！

朋友，这也未必忧伤。
在爱情的航线上奋斗，
岂能一帆风顺直达彼岸，
也常有逆水行舟。

朋友，愿你拔足忧伤的泥泞。

驾御时代的风流。
去埋葬记忆的烦恼，
眺望前程的锦秀。

只要你有真诚的情怀，
只要你有永恒的追求，
只要你拥有春天，
喜欢的花朵定会绽露！

（2013年6月）

大山的朋友

——昱晟

千万年的历史悠悠漫长，
我默默无闻的沉睡在大山上。
有谁愿与我交朋友——
只因我的性格坚硬倔强。

走向充满多彩的世界，
是我梦寐以求的向往，
为人们生活争光添彩，
是我由衷的情肠！

啊，如今的我时来运转，
被昱晟开发接进厂房。
在此起彼伏的交响乐中，
使庞大粗糙的我变成多种面庞。

感谢您啊，我的朋友昱晟，

还把我精雕细磨成所需花样。
让我以亮丽俊美的秀容，
走向千姿百态的世界市场。

来吧朋友，人类安居的巨匠，
我会给您洁美闪光的别墅楼堂！
来吧朋友，情人或伴侣，
我愿您把大自然的豪华分享！

（2014年4月）

无言的离别

你不辞而别去向何方,
我无爱的心田一度凄凉。
为什么,不肯明示?
是爱的乏味还是情的惆怅?

我们虽不是青梅竹马,
但也一起把酸甜苦辣饱尝。
几多风雨,几多艳阳;
几多霜雪,几多暖床。
曾在河边聆听过溪水流歌,
也曾在花前月下倾叙衷肠⋯⋯

恋爱的焰火燃烧在我们心中,
爱情的热血沸腾滚烫!
我们没有海誓山盟的诺言,
可有两桩呼吸相通的心房!

为什么呀，为什么？
你无言无语离去匆忙。
是金钱、地位的诱惑？
还是喜新厌旧追求时尚？
你可以情断义绝把我抛弃，
可你怎能丢下幼小的儿郎？！

童儿啼哭着靠在我身旁，
"妈妈，妈妈，我要找妈妈"——
"童儿我的好孩子、别急，
你妈妈明天就回到你身旁。"

多少个明天啊，哭泣、泪滴，
逼迫我一次次说谎。
一月、一年、三年光阴流逝——
童儿在冷落的小院沉默徜徉。
期盼啊！等待，等待——
再也没见到妈妈微笑的面庞！

（2010年7月）

红梅颂（进城回笔）

寒冬进城归，
白雪皑皑绽红梅。
红梅开在马路街头，
红梅开在我的心扉。

啊，红梅——环卫，
在风雪中分外娇美。
把身躯投入冰天雪地，
用辛劳和坚强把冰雪铲推！

啊，红梅——环卫，
以深情的爱把城容梳妆点缀。
风雨霜雪自身承受，
给车辆行人留下欢快和欣慰。

啊，红梅——环卫，

晚送夕阳、晨迎朝晖。
为市民在洁美中生活，
您情愿付出，无怨无悔！

（2012年12月）

第二辑 腾云驾雾的巨龙

腾云驾雾的巨龙

——龙王庙观感

尘寰磅礴无缰，
地球七洲四洋。
千海沧沧谁为主？
传说主宰是龙王。

啊，驾雾腾云的巨龙，
呼风唤雨的龙王！
阔海长天是您的旅途；
海底龙宫是您的归房。

沿海渔家为您奉拜，
无数渔民把您敬仰。
他们渴望风和日丽操舵出海，
他们欣喜满载银票顺利返航。

瞧，往昔祖辈为您筑起庙宇，

门旁的奇联奥妙流畅：
　"海水朝、朝朝朝、朝朝朝落；
　"波浪长、长长长、长长长消。"
这是给浪花的颂扬，
这是对大海的歌唱。

啊，庙宇、龙王，
您在天海间写下豪迈的诗行。
您一次次赶走狂风暴雨，
迎来火红的骄阳！
您是渔民的保护神，
您用挚爱谱写渔家欢乐的乐章！

（2011年7月）

春　雨

春雨降落唰、唰、唰，
好似银丝从空中落下。
春雨给大地带来勃勃生机；
春雨用彩笔把大自然美化。

啊，春雨，你滋润干涸的土地，
长出嫩绿茵茵的庄稼。
你落入山谷、树林，
使山青树绿、芳草红花。
你洒向无际的草原，
给牧场青翠、放肥牛羊骏马。

啊，春雨——无私奉献的春雨，
你把人间装扮的如诗如画！
是你滋养了万物和人类；

是你把情和爱向地球播洒！

古往今来、世世代代，
无论五洲四海、还是古老中华，
文者赞颂疆场与豪杰，
诗人颂扬山河的秀雅。
却很少有人夸耀你啊、春雨，
而你毫无怨言，从不讨价！

啊！春雨，万物需要你，
春雨——飘洒，飘洒……
啊！春雨，人民感谢你，
春雨——唰唰，唰唰……

（2013年5月）

约会心语

你问我为何来的这早，
约会的无论每次。
今天坦白地告诉你，
我十分珍惜这份情意！

只从你我相识相爱，
我就把你熔化在心底！
因为你胸中清新的绿野，
我要用忠诚首先占据！

无论我们在潺潺的溪水边，
还是在馥郁的果园里。
你我总是默默地拥抱着，
无需口头的爱言情语！

你懂得我也深知，

爱情不光是春华更要秋实！
总有那么一天，
我们会有物资、精神的满足！

你知道这是为什么？
因为你喜欢我、我也喜欢你！
同心同德，心心相印，
就是鞭策我们事业辉煌的动力！

（2012年9月）

华夏长龙

古今，画龙舞龙，
把龙赞美，把龙歌颂。
沉浸美好的想象，
确不见龙的踪影。
几千年的梦想，
一代代的憧憬……

啊，数风流，看如今，
今昆已圆前人梦。
一对对穿越华夏的长龙，
于哈大、京广中飞驰，
在上昆、南成间风行。
它满载豪情与欢笑，
把幸福和友谊结成！……

啊，新世纪，新征程，

中华民族迎来虎跃龙腾！
飞龙穿梭、风驰电掣，
神洲又添亮丽美景。
有理论、代表、科学指导，
华夏长龙、纵横驰骋，
东方长龙啊，把世界引领！

（2013年1月）

理解的爱

你飘然而去，
去寻觅感情的幸福。
我晓得、我理解，
他的潇洒幽默，
牵动了你的心绪。

你赐于他情和爱，
不折不扣、一无反顾。
我理解、我晓得，
你的情容俏貌，
拖住了他的脚步……

我不拦留，自由地走吧，
人生总有自己的路。
我勿寂寞也勿痛苦——
在我坦荡的心海上，
仍有你的微笑一缕！……

（2011年4月）

鸟儿来了

清晨出宅庭，
耳闻音乐声：
"抱咕，咯、咯，叽呦儿"……
百鸟演奏的晨曲啊，
是何等的诱人、动听——

哦，回眸二十世纪六十年代，
江河萧条、山峦寂静。
弃林拓荒的历史教训，
使我们警钟长鸣——
挥锹舞镐、退耕还林，
绿水青山、生态均衡……

如今，波峰浪谷的绿涛，
淹没了荒山秃岭。
啊，招来鸟儿筑巢栖息，

乡村多了道新的风景。
百鸟爱恋浓郁飘香的山村，
它们生息的摇篮、美的居境！……

（2010年6月）

送　别

你就要走了，
奔赴江南水乡。
日夜如梭地欢度，
便是送别的时光。

在这老城的候车室，
你把脸紧贴我的胸膛。
亲昵地说：
"你安心地攻读吧，
家里事有我相帮。"

我感激地紧握你的手，
仿佛一道清泉在心中流淌：
"阿妹，你为我付出了很多，
"我知道该如何补偿"……

"阿哥，什么是多和少，
"爱情不是天平，
"也无须秤称斗量。"
"只要你有丰硕的金秋；
"只要你能把春夏珍藏"……

是啊，分别不是遗忘，
有出征就有返航。
"阿妹，放心吧——
"你那纵情的爱之火，
"将永远燃烧在我的心房！"
……

（2011年8月）

小 松 鼠

小小松鼠，真逗真乖，
时而扮出滑稽嘴脸。
草地湖畔常来游览，
蹦蹦跳跳喜地欢天。

你玲珑，你活泼，
把天性的本能施展。
你生活在秀美环境中，
甜眠一夜夜，欢度一天天……

啊，甘露清泉为你解渴，
和风丽日给你送暖。
林园草坪有你玩耍的印迹，
榛枣栗果是你生活的美餐……

小松鼠啊——小松鼠，

人人把你爱，谁能不喜欢。
啊，如今幼童似松鼠，
在祖国花园中歌舞翩翩！！

（2013年7月）

盼恣情

久闻你的名字，
但未能见面。
今天啊吾冒昧命笔，
牵一条友谊的情线。

是虚伪欺骗了真诚，
我们各自踏上了贼船。
如今狂风恶浪向我们袭来，
离异的孤独啊好似黄莲……

为此我常常俯首沉思，
寻觅着难途中的伙伴。
但愿生活的云雾早点散去，
盼望碧空如洗，阳光灿烂！

若是有那么一天，

弦断另续音不变，
恣情的彩凤向吾飞来，
愿彼此呈祥，同苦共甘！……

（2012年8月）

小鱼、大海

小鱼哟，大海的儿女，
大海哟，鱼的家园。
你莫把它养在鱼缸，
我要把它放进大海。
你横眉冷语、怒发冲冠：
"不，我爱、我喜欢，
"不许你绝情，
"我要把它留在身边。"

是啊，你的心情我理解，
我何曾不与你同样留恋。
你看，那波涛汹涌的大海，
在把自己的儿女召唤！
是的，回首逝去的日日夜夜，
又是几载盛暑严寒，
我们倾注了多少爱的心血，

把它喂养、看管……
可是，你是否看到，
海阔天长、风云变换，
缸里鱼哟，笼中鸟，
岂能瞧见大世面？！

哦，我已明白夫的心愿，
陈腐观念要更新，
岂能坐井观蓝天……
小鱼您去吧！——
到大海里畅游、欢跳，
在浪涛中搏击向前！
去品尝浪花的咸甜苦涩，
去迎接明天的挑战！
……

（2010年5月）

秋 菊 情

菊花，秋菊花，
开遍山坡下。
乳白粉红和淡紫，
如锦如画又如霞。

你沐浴阳光雨露，
你不畏霜凌风沙。
你给江山添光彩哟，
你使金秋更高雅。

菊花，秋菊花，
香飘过海峡。
带去虔诚和祝福，
两岸人民是一家。

我们都是炎黄后代，

大号都是一个中华。
兄弟姐妹盼团圆哟，
千秋颂歌谁写下？！

（2011年10月）

爱歌少女的情怀

您的歌声深情而委婉，
您的笑语在我耳边回响。
从认识您那天起啊，
记忆便有了理想的光环。

您是苍茫大海的航标，
指引着迷向的小船。
您是万里征程的油站，
给途中的小车添加能源。

有了您——帅气的军哥，
占据我荒芜的心田。
给了我追求理想的勇气；
激发我寻觅价值的灵感！

我相信这是希望的开始——

不，是自我人生的转弯！
我心领这是友谊的结交——
不，是爱情种子的深掩！

您虽若流云飘来荡去，
而您的躯影永远在我身边！
有了您就有了成功和自信；
看到您就看到了明媚的春天！
……

（2014年5月）

砖厂的早晨

天拂晓，星躲藏，
东方一片玫瑰色的霞光。
砖厂的早晨沸腾起来，
车辆马达奏响豪放的乐章。

看，通往砖厂的乡路上，
车辆络绎不绝驶向窑场。
汽车、三轮、拖拉机，
都在为城乡建设而奔忙。

汽装工紧张迅速的动作，
司机焦急热切的面庞。
瞧三拖——
妻子牡丹含露的笑脸；
丈夫如糖似蜜的心房……

啊，跟时间赛跑，
和陈旧较量，
给时代添彩，
为社会争光！

瞧砖厂——
这红色的彩带啊，
连着雄伟的高楼、厂房！
连着腾飞的东方巨龙，
一起奔向明天的小康！！

（2010年4月）

礁石与浪花

浪花欢跳着——白昼夜晚，
礁石翘望着——黑夜白天。
浪花含大海的深情，
礁石有永恒的爱恋。
萌芽的爱情怎能表白，
都乖乖地藏在心间。

浪花扑来退去，
回旋在礁石身边。
礁石尽管爱在心中，
可怎能把她抱在胸前。
你知道这是为什么，
因浪花还未吐情言。

一月一季一年……
礁石浪花时刻相伴。

浪花妖娆晶莹洁美，
礁石脉脉洒脱不凡。
浪花哟期盼礁石开口，
礁石哟等待浪花先言！……

（2012年5月）

半 岛 情

可爱的辽东半岛，
你如此多彩多姿，
你多么美丽富饶。
你是东北的门户，
你是中华的一角。

回首怅望你的历史，
心中翻起滚滚波涛。
你曾受过侵略铁蹄的蹂躏，
你经历过十年浩劫的困扰，
你岿然屹立、不屈不挠！

耳闻目睹你的今天，
脸上浮现甜甜的微笑。
你插上经济腾飞的翅膀，
你迎来深化改革的新潮，

你四海往来、五洲结交！

啊，可爱的辽东半岛，
是中国特色给予你力量，
是太阳光辉把你拥抱！
有勤劳人民把你耕耘——
向社会主义小康奔跑！！

（2012年5月）

被弃童的心声

妈妈、妈妈，
我的妈妈您在哪？
您为什么远离家乡，
您为什么不把我牵挂。
莫非您身是石膏塑成；
莫非您心是冰凌不化。

妈妈、妈妈，
您究竟是为什么？
是为一时的欢乐，
还是为人生的飞黄腾达。
如果您只为自己享受，
就不该把我生下。

妈妈，妈妈，
我的妈妈您在哪？

您为什么要生育我，
您为什么又把我扔下。
难道我负罪来到人间，
难道我是个痴呆傻。

妈妈、妈妈，
您为何心胸窄狭？
是因妖魔的腐蚀，
还是理智的薄弱僵化。
您可知孩儿失去母爱，
面临的只有酸涩苦辣。

妈妈、妈妈，
我的妈妈您在哪？
您不也是父母养育，
您也有过豆蔻年华。
谁不想童年过得快乐，
谁不想有个团圆的家！

妈妈、妈妈，
您是否知道呀？
马驹靠精心饲养长大，
小树靠修剪才能挺拔，

好花需园丁辛勤培育，
孩童更需母爱，我的妈妈！！

（2013年3月）

花 季

——少年

我徒步来到校园，
一张张笑脸映入眼帘。
这正是一朵朵盛开的鲜花，
在阳光下美丽而娇艳。
啊！如锦如虹的生活，
是诗是画的少年！……

你们出生在温暖的阳光下，
你们成长在多姿多彩的花园。
辛勤的园丁把你们培育，
操劳的父母为你们流汗。
你们肩负着人民的希望，
你们是祖国的明天！……

（2009年6月）

莫 误 会

你诚信而来，
我确未回归。
你扫兴地离去，
我才迟迟返回。

朋友，请别怨恨我失信，
我的心情比你更懊悔……
也许是你我无缘份，
不，是老天不作美。

——听予云：黄雀弃巢去，
山鹰偶闻至边北。
意料之外肝肠断啊，
已是棒打鸳鸯两处飞……

——你我相约未相伴呀，

留给你伤感和误会……
且莫死捧着凋零的黄叶，
愿你换一束含笑的紫薇！……

（2011年8月）

人生在追求

人生的路似江水奔流，
你说，哪是尾来哪是头。
为了理想，为了希望，
无尽无休去追求。

爱情浓，友情稠，
激励人生去奋斗。
为实现我们共同的心愿，
愿与你同心协力永远手牵手！

人生的路如大风嗖嗖，
你说哪是前来哪是后。
为了事业，为了成就，
勇往直前不停留。

路坎坷，志不丢。

成功之神在招手。
美好的理想一定会实现，
愿与你地久天长并肩向前走！

（2011年9月）

再 婚 情

你向我急步走来，
激情地扑向我的胸怀。
紧紧地拥抱啊，
道出了心中的思念！

啊，恋人——我的知音，
是你给了我情和爱。
使我已冻结的心灵，
重逢春暖花开！……

情人啊，让我怎样感谢你！
是你把我的爱之火重新点燃。
使我在人生的旅途中，
再次品味到爱情的香甘。

恋人啊，让吾如何报答你！

我此时此刻向你许下诺言：
让相伴和情爱如叮咚的清泉，
为你我作证的是大地、蓝天！……

（2013年6月）

温　泉

——龙门汤

赞美你啊——龙门汤：
你似一位洒脱的棒小伙，
你似一位温柔的靓姑娘。
你有无穷的魅力，
你享誉四面八方。

你从地下岩层走来，
带着岩浆赐给你的热量。
无数游客投入你的怀抱，
把你的爱肤和温暖尝享。

你既然不是保健医师，
也未曾开过一纸处方。
而那炽热矿浆就是你的妙药，
使沐浴者肌肤更加细腻健康。

你从不冷漠、四季温漾，
你情系黄海之滨、雪域吕梁，
你心连白山林海、黄淮水乡。
你是地下的使者，
传承着，爱民胸襟的宽广！

（2013年5月）

心灵的呼唤

天上有星月，
地上有山河。
星月互唤长相伴，
山河依恋久相和。

人生爱情能有几合，
即有喜曲又有悲歌。
这是为什么？
有谁来评说？

天上有星月，
地上有山河，
渴望爱情如星月，
但愿夫妻似山河。

啊，天南地北良缘喜结，

彼此相爱机遇难得。
苦甜共分享，
相互多理解。

——你却蔑情谎言而别，
留下忧伤把我折磨。
哪里寻觅情投意合，
还有谁能伴随我？！

（2011年3月）

忆 乡 情

（一）

时钟嘀嗒、嘀嗒……
送走黄昏又迎朝霞。
光阴小河淙淙流去，
把我满头青丝浣成花发。

当我融于二十一世纪，
回首逝去的青春如虹似花。
无论悲欢离合还是倾心相爱，
都不离三魂永住、七魄序达……

故乡啊，年幼的我——
乔迁世上，嚎啕呱呱。
对大谦世界唯有迷茫，
何为事理人情、你我她。

生命的诞生，
是人生的开始；
性命的存在，
是希望的萌芽。

是母乳把我喂养；
是父母之教帮我生华。
当我走出亲情的怀抱，
成了一匹带缰的小马。

黄金般的少年啊，
一头扣在校园一头拴在家。
在知识殿堂里蚕食，
投入了学习生涯……

（二）
时光小河一路欢唱，
我在流歌中攻读成长。
多姿多彩的青年时代啊，
既有校园的绿也有田野的香。

有青春的雄心壮志，
也有驾御时代的理想；

有友谊的欢聚之酒，
也有爱情地追求与向往……

当我告别母校走向田间果园，
人群中是她的目光对我一亮。
这也许就是人生相爱的秋波——
是爱的本能、情的旭光！

从此我们随群体朝出暮归，
如同两颗音符在五线中跳荡。
青春恋歌相伴山泉绿叶，
回荡在故乡的田野、川梁……

噢，二十世纪六十年代非常，
民族困境破天荒。
光阴小河默默前行，
年轻的我已步入壮行。

老天啊，为何不为我们作主；
爱情的路，为什么设满路障。
正在燃烧的恋爱之火，
却被淹没在绿色海洋……

为改变生活现实，
我奔赴祖国它乡。
在陌生环境中洗礼人生；
在馥香热土上扎根生长……

啊，是辛勤的汗水，换来赞誉；
是德智修养赢得信任和转行。
我放下手中的银锄，
走进教育的课堂！

而今，我有了新的岗位，
要把校园的朵朵小花浇灌培养！
恣情少女伸出友爱之手，
村姑艳艳投来多情的目光。

多少个日日夜夜，
几轮朝思暮想。
艳艳终于和我约会，
她微笑中呈出羞红的面庞。

我们几次相约相伴——
在树林里，在校园旁，
月光下有我们拥抱的身影，

小溪边抚摸肤爱吻的疯狂……

（三）

花开花谢寒意浓，
柳绿花红好春景。
时光小河有歌有色，
我在第二家乡组起家庭。

一年又一年四季重又重，
艳艳与我朝夕相伴把子生。
踏平家至校园路，
再苦再累乐其中……

人生中年日过午，
时而思念故乡情。
故乡啊，故乡，
养育我的摇篮，
在您的怀抱里长大、出征！

您那青山碧水、一草一木，
我的乡亲父老，我的初恋玉莹，
不管我在何时何地，
都把你们铭记心中！……

人生，是长河弯曲奔腾；
时间，是流水日夜叮咚。
社会、事业和生活的进取，
总是伴随着亲情、友情和爱情。

大雁啊，你北飞南鹏，
骏马啊，你满载新谊旧情，
昨天是——乡亲送别的眼泪，
今日是——老乡迎接的笑容……

当龙腾虎跃万紫千红，
吾已跨入苍苍老龄。
青枝绿叶将成为永久的回忆，
落叶归根才是久违的乡情……

啊，国色天香夕阳火红，
携手共圆"中国梦"。
你我举杯立壮志哟，
复兴路上——再立新功！

（2013年3月）

注：传说有三魂七魄。三魂：包括体魂、灵魂、
精魂。魄：是指人在不同年龄，有不同的气节和风
度。 气魂：包括幼魄、少魄、青魄、壮魄、中魄、
老魄和暮魄。

第三辑 最美的笑脸——月亮

最美的笑脸

——月亮

你欣赏万里无云的夜空，
我喜欢月明星稀的夜晚。
因为皎洁的明月高悬，
恰是姑娘美丽的笑脸。

啊，心爱的姑娘，
美丽圣洁的笑脸，
您把笑容化作情的光束，
献给了地球夜间。

在您笑容下，
多少老人坐在庭院，
仰望着您、满面堆笑，
心中感慨万千……

在您笑容下，

多少中年伴侣交臂商谈，
构思着家庭蓝图，
憧憬那更幸福的明天……

在您笑容下，
田头、路边、塘前，
几多少女、青男紧紧拥抱，
把爱情之火在心中点燃！

啊，皓月挂中天，
您是最美姑娘的笑脸！
笑容下，机声隆隆江山秀，
笑容下，书写历史的车轮飞旋！

（2012年8月）

春 天

我可爱的家乡，
有条小溪昼夜欢唱。
它是忠贞无私的时钟，
记叙着扭转乾坤的步履、沧桑。

布满沙石的河岸，
有棵苍榆和几棵小白杨。
白杨守护着苍榆，
苍榆依偎着白杨。
日出日落、年复一年，
春夏秋冬、日久天长。

虽然经历过风霜寒雪，
但更多的收获是雨露阳光。
渴望、期盼是它们无声的语言，
流露出对更美生活的追求向往！

啊，来了、来了，
莺歌燕舞的春天拥抱炎黄。
您看，苍榆返老吐新绿，
白杨坚挺更高昂！

（2011年3月）

恋爱少女的思绪

七月间，午休闲，
浣衣姑娘来到河边。
目视盛满时尚的金斗，
爱恋的思绪由脸上浮现。

应征入伍的意中人哎，
您何时返回家园？
我们的信物您是否保留，
可我始终把它藏在胸间！

白昼我戴着它步入田间、果园，
忙碌、劳累可心有甘泉！
夜晚我守着它进入梦乡，
仿佛与您同床共眠——

您摸着我的胸峰把我亲吻，

我搂住您把爱欲品掂……
——不、还不，我索兴收敛思绪，
我要抑制爱情的狂潮，
我要耐心等待幸福和团圆！……

（2012年7月）

观海感悟

我顶着九月的骄阳，
再来老虎滩观光。
面向苍茫澎湃的大海，
心中涌现新的联想：

啊，从这片蓝色的海域启航，
一艘崭新的航母驶向东海南疆。
它满载着自豪与骄傲，
展示了中华的崛起自强！

祖国啊，千秋百代世纪漫长，
你经受了多少雨雪风浪。
怒视强盗的铁爪伸来缩去，
你两手空空无力阻挡。

啊，世代人的憧憬和梦想，

今天，我们终于有了海上机场！
战舰母舰、领海领空，
祖国啊，我的祖国，
你编织了海上的天络地网！

（2013年9月）

不要怕，就我俩

秋天果园是一幅图画，
红黄绿紫美如霞。
我和她坐在这里，
彼此交臂无对答。

她瞅着我，我看着她，
心血如潮涌出一句话：
"不要怕，就我俩"——
"真烦人"含情脉脉把眼眨。

此刻她，羞红的俊脸似苹果，
心儿就像熟透的瓜。
拉我一把站起来摇，
恰是绿叶陪红花。

她把我，搂在怀，

我也紧紧抱着她。
心心相通　甜甜的吻，
且莫倒计时、休言一声话——
让宁静长伴我们俩……

（2013年10月）

清明寄语

——在父母、前辈墓前

您们安息的墓地，
是一个庞大的土椅。
面向光明伊始的东方，
背靠着松柏、果林葱葱郁郁。

啊！父亲、母亲、前辈，
儿女敬叩墓前告云您：
云岚缭绕的河山，
迎来了金光灿灿的丽日！

如今，您们是否看见，
曾被牛犁徘徊的黑土地，
终于重献了珍珠、黄金、白玉，
飘出宅院的馨香伴着欢声笑语。

啊！父亲、母亲、前辈，
英明杰智带来了蓬勃生机。
希望的生活已不是梦幻；
努力地求索已变成实际。

然而，您们是否晓得，
往昔贫困烦忧的日子，
犹如磐石坠于海底。
留给我们只有酸辣的回忆。

啊！父母、前辈，此时此刻，
愿您们在天堂把杯捧起！
痛痛快快地开怀畅饮吧；
儿女后昆在人间祝福您！
……

（2009年3月）

红花绿叶

爱情是花朵，
厮守是绿叶，
且莫分开，
岂能枯竭。
愿爱情厮守的红花绿叶，
就是你和我。

有阳光送暖，
有雨露解渴；
有和风拂尘，
有彩霞润色。
我们厮爱的绿叶红花哎，
就会长开不谢！

——该上床就上床，
该被窝就被窝。

爱肤亲吻不是梦，
恩恩爱爱伴你我……

（2011年6月）

小　槐

目睹岩崖几棵槐，
许多根系露外边。
可见贫瘠与艰苦，
而它依然白花鲜。

它虽没有白杨傲，
确把芳香洒人间。
引来蜜蜂千万只，
献花酿蜜供民甘。

（2012年6月16日）

雨丝情线

初秋的假日傍晚，
小雨绵绵。
我打伞行之路边，
一位俏丽少女急步扑来：
"大哥，借个光"。
"快"，我把伞移偏。

"小妹你叫——家住？"
"我叫小红，在村厂加班——
"我家就住对面山前。"
"大哥你就送我一程，
"黑了就在俺家住宿用餐。"

几句话柔情甘甜，
如绵绵雨丝洒在我的心田。

"好吧，你和我同行，
　　"我去前方商店。"
雨大她紧靠我，
雨小也不愿离间：

　　"大哥，你人好心善，
　　"内心有道德情操的标杆。
　　"你一定事业有成，
　　"小妹我不会走眼。
　　"若不嫌，我们交个朋友——
　　"妹愿与你同苦共甘"……

　　"小红，你我巧遇相识，
　　"算是今生有缘。
　　"可岂能匆匆一见钟情，
　　"朋友——恋爱——姻缘，
　　"它所需要的，就是时间。"

　　"哥哥宋建，未想高攀，
　　"能与你相处深感欣慰、坦然！"
　　"小红啊，
　　"这把伞有情缘，

"绵绵雨丝就是情线；

"把你我引到一起，

"把两颗心牵连！"……

（2010年8月）

夜的情怀

夜已深、人逍闲，
唯有月亮未困倦。
它俯首观望大地，
又似乎窥视奥妙人间。

在生灵栖息的地球上，
在人类生活的家园，
事为何，难解其意，
人多少，有苦有甜。

夜黑暗对于胜利者却是光明；
夜漫长对于相爱者却是短暂。
夜赋予老者舒适安祥；
夜赐给少年甜蜜的梦幻。

是的，花有开谢，月有缺圆。

伴侣之夜加深了情感；
单身之夜却是寂寞寒酸。
母爱之夜孩儿含笑入梦；
孤儿之夜孩童不再冷漠惨颜。

啊，宇宙啊——尘寰！
让夜成为情感的集聚——
愿老天把爱心普降人间！
让人人都拥有幸福之夜——
愿世界变成爱的乐园！

（2013年5月）

山枣和樱桃

山枣与樱桃，
果实都圆红酸甜。
但世人对它们有不同表现——
一是冷目睽视。
一是喜眉笑颜。

山枣哟，人见一瞥而过；
樱桃哎，人逢止步留恋。
您可知原因何？
是山枣不如樱桃甘美，
还是樱桃比山枣绚烂。
不，都不然——
是因樱桃品格、热情温柔而友善；
可是山枣却全身是刺、横眉竖眼。

啊，同志、朋友，

愿您驾驭新时代的情感，
做一棵人人爱戴的樱桃。
让社会和谐的中华大地上，
有无数的樱桃崭现！

（2011年9月）

心中的月亮

你是我心中的月亮，
夜晚，你伴我同床。
你体贴着我，我拥抱着你，
两腔如蜜的心房。

你是我心中的月亮，
白昼，把你的爱心隐藏。
我帮助你、你携同我，
两双比翼的翅膀……

呵，一起飞越崇山峻岭；
共同沐浴和风暖阳。
是爱铸就了你我；
是爱连牵着两只鸳鸯！

（2013年中秋节）

娘娘庙的回忆

山川原野一望无涯，
高山平地都有鲜花。
庙宇无论修建在哪里，
在哪都是古老的文化。

我在一座小山腰，
遥遥往昔安下家。
我主坐相上面的天棚，
是一片青石板、面积颇大。
传说大雾三昼夜、石棚架起来，
这句流传民间的佳话。

时光如流、岁月飞马，
我沐浴了暖阳细雨，
也经历了风雪交加……
我的荣幸和满足——

是温雍的阳光把我拥抱；
我的悲哀和苦恼——
是乌云遮住了明月、星花。

回忆那愚昧心酸的历史年月，
我家族的塑像被捣毁，
我的殿堂遭恶杀。
从此听不见鼓楼的钟声；
看不到卓绝的艺雕和壁画。
那惊心动魄的荒唐时刻，
在记忆的脑海里牢牢刻下。
当然倒春寒的历史不会重演；
我迎来新时期火红的朝霞！……

如今，我得到重视和保护，
又给我建了白柱紫顶的雨达。
我又继续笑迎无数游人、情侣，
他们来此浏览奉献啊，
戴回了心灵的砝码！
我要把历史的接力棒传承，
——保佑祝福我神圣中华！！

（2010年5月）

夏夜情游

你还记得吗，
在那夏日的晚上，
你约我相陪，
到野外散步乘凉。

我们漫步在月光下，
一时不声不响。
唯有蛐蛐和青蛙，
在不停的歌唱。

当我们踏上田间小路，
当我们并坐在青草地上，
不知是为什么，
一股暖流涌上心房！

你问我想什么、爱什么，

我说："秋的收获、春的风光。"
"哎，那是为什么？"
"因为秋天的果实最甜，
春天的花儿最香。"……

你索兴坐在我的怀里，
愿把情愫共同分享！
你说："来，随便吧，
庄稼就是青纱帐"……

那个美好的夏夜啊，
仿佛是在拥抱我们；
在拥抱田野、路树，
在拥抱星星、月亮！

（2011年8月）

绿色的胸怀

——回忆一位创业的前辈

我蓦然回首一位强者的胸怀，
他的心胸是大海、是长天。
容着家乡的山山水水；
连着遐遥的地平线。

那是五十年代末的春天，
老祖父啊，他已年进花甲，
曾迈着沉重的脚步走上西岭北巅。
他的眸子里映满荒芜和凄凉；
他的心海上翻起理想的波澜。

从此他暗暗立下山魂的志向，
要用布满老茧的双手把山丘打扮。
愿它们化作婷婷玉立的仙女，
披锦挂绫、美丽而娇艳。

逢来至，大自然的妖魔困三寒。
勤劳勇敢的炎黄子孙啊，
经受着艰苦和磨难的考验。
而祖父却冲出年迈饥弱的困惑，
升起了通往理想境界的征帆。

为了荒凉的心灵、为了绿化家园，
他南跑北奔、东走西颠。
蜿蜒乡路留下他疲惫的足迹；
遥山远峪洒遍他辛勤的热汗。

他终于觅到了绿色的宫殿；
在那巍峨秀丽的燕子山——
在那槐榆树间的密林下，
一片片幼小的生命映入眼帘。
呵！大自然的恩赐我找到了，
——找到了理想与希望的源泉！

是寻求的惬意还是发现的激动，
使他苦觅跋涉的疲劳化烟云消散。
弧线飞梭的手中扁镐啊，
把撞土的音符献给了峡谷、蓝天。

当三月的熏风拭去他满面汗水，
当收获的喜悦跃入他的眉尖，
老祖父啊，挑着沉甸甸的绿色追求，
在斜阳的春光里蹀躞地啃着馍团。
任它山路崎岖、归途遥遥，
苦酸践脚下、甜暖藏心间。

披星戴月回宿，担来意志与希望；
拂晓黎明上山，栽下理想和心愿。
一次次一担担，朝出暮归；
一天天一镐镐，腰疼臂酸。

他用慈母般的双手爱扶着幼苗；
他用甘露般的汗水滋润着荒山。
他把身心交给了山丘谷地；
他把生命与山魂紧紧相连。
为的是给后代生活留下色彩；
为的是把生态环境彻底改变！

就这样一朝一暮、春归春来；
奔东沟南岔、登西岭北山。
穿碎了几双鞋、磨坏了几把镐；
三春不气馁、朝暮不厌倦。

永恒的意志啊梦寐的夙愿，
谱写着一根蜡烛的诗篇。
当山女披锦挂绿、容姿焕发，
积劳成疾的病魔夺去他的笑脸。
创业的前辈啊虽无豪言壮语，
但他的精神与青山共存人间！

（2009年2月）

馍团：把菜剁碎拌在面里蒸制而成。

爱的枯萎

你遥遥归来，
又匆匆要走。
不晓是留恋还是悲伤，
泪珠串串眼下流。

好吧，我不勉强，
既然花谢、弦已断，
爱是凉茶情是秋。
无需情丝难斩割，
苦守旧码头。

放心吧，我能理解——
欲来即来、愿走则走。
因为我懂得，
镜破难重圆；
水泼难回收。

去吧，既然另有所爱，
又何必思新念旧。
但愿你有自己的定位，
记住，切莫风飘云游！

（2013年8月）

聋哑残人的情怀

你，是否见到哟，
那精美的工艺刺绣，
漂亮的编织工艺。
你知道吗？
许多出于残人之手。

你，是否听过哟，
演奏委婉轻柔，
舞姿风采玲珑。
你想过吗？
有的来自聋哑之妞。

聋哑残人啊——我们的兄弟姐妹，
她们似雨后彩虹，
她们像小溪欢流；
她们如翠野芳兰，

她们若阔海轻舟。

慈母的博爱把她们养育，
雨露阳光为她们加油。
她们是时代的强者，
用拼搏和信念把生活演奏！……

手语是她们交际勾通的桥梁，
文明和谐他们永记心头；
七色阳晖给她们温暖和希望，
闪亮金星在她们心中留守。

情和爱激励他们昂首奋进，
回报母亲她们胸怀四海五洲。
那冉冉升起的五星红旗啊，
正是她们的理想与追求！
……

（2012年9月）

我 和 你

——爱的回忆

我和你，乡亲邻里。
记得早在相处时，
你花容月貌、吾钢强剑锐，
彼此相逢总把爱的目光互递。

我怎能忘记，
去年的中秋夜晚，晴空万里。
你约我去后坡果园，
用手暗示只有我你。

"张哥、快走呀，怎嘛？"
当时我还迟迟疑疑。
当你拉着我的手漫步果园，
金黄的圆月已登上天梯。

我们并坐在红星树下，
时尔不言不语。
迟后你问我有何打算，

我的回答是"同舟共计"……

这时你猛然把我抱住：
"张哥，你希男希女？"
我伸手摘一枚绿果：
"来，吃口苹果便知我的心意。"

我们聊现在、话将来，
我们讲天谈地。
你说我们要像吴刚、嫦娥，
我曰决不做牛郎织女……

夜已深，金月偏西；
心相通，不愿归宿。
我情不自禁把你按倒，
抚爱亲吻如油似蜜！

我顺手移到你的胸前，
那时你还忸忸怩怩。
一声——"讨厌，真烦人"，
我却执迷不悟、如醉如痴……

我醉了，你也在梦境里。
你醒了，我说声"对不起"！

（2013年11月）

帽山之情

我和他来帽山旅游，
在崎岖的山路行走；
柞林在风中婆娑，
阳光洒遍了枝头。

游览寺庙、观光亭阁，
我俩竭力攀登巍峨的山头……
瞧，峰巅耸立的银塔，
在召唤我们，朋友加油！

当奔至普通光华的房舍前，
我们把脚步停留。
是谁居住在高山上？
为民服务的挚友！

啊，挚友你们长年守在这里，

度过了几多春秋？
无数个日出日落，
你们情融寂寞、敬业职守！

白昼，面对山林和石磊，
夜晚，举目明月与星斗。
你们把青春奉献给人民，
为电视传媒事业奋斗！

长假，儿女归心似箭，
可你们，我的挚友！
为千家万户的团圆欢乐，
居然眼含情泪坚守！

啊，知情电波带去你们心语：
爸爸妈妈，姨娘舅舅，
"请理解不能回家的儿女，
"我们在高山上祝您幸福长寿！"
……

（2013年7月）

除夕农家

瑞雪覆盖了大地、山河。
村寨宅亭银装素裹。
白雪相伴着腊梅，
迎来一年一度的春节。

您看，大红灯笼挂遍屋檐，
吉对祥联贴满门座；
红旗飘飘高悬庭空，
歌曲声声响彻小院大街。

您瞧，鸡鱼肉蛋备的全，
山珍海味啥不缺。
炸炒、溜炖夫妻忙啊，
六六大顺摆一桌。①
全家共饮团圆酒啊，

啤白饮料自选择。

夫妇宝宝笑脸花开，
奶奶爹娘蜜藏心窝……
膳后爹娘齐动手啊，
晚餐饺子莫耽搁——

嗬，待晚吃完接神饺，[②]
果糖蕉桔端上桌。
四世同堂看春晚哟，
央视联欢正热烈……

——呦，忽然传来鞭炮声，
不觉已到子时夜。
小宝拿鞭搬礼炮，
爹娘点蜡摆供桌。
燃香焚纸敬天地哟，
供前祭祖把头磕。

呵，鞭炮礼花声色交迭，
夜空灿烂繁花朵朵；
红彩带灯五色缤纷亮庭院，

138

空中无月胜有月！……

（2012年·春节）

①旧风俗，腊月三十傍晚，去接已故前辈回家过年叫接神，所以晚餐饺子叫接神饺。

②六六大顺：指六个凉、六个热。

重　逢

朋友、情人，三十年后的今天，
你我相逢在故乡大地。
心中千言万语化作感慨和遗憾，
呈现在我们冻结的记忆里……

当我们漫步在平直的田埂上，
你说这里曾有我们劳作的汗滴；
我们踏上河边松洁的沙滩，
你又说这曾有我们谈心的足迹……

当我们越过哗哗流淌的小河，
你说河里荡着我俩洗浴的涟漪；
我们来到山坡浓郁的树林，
你又说这里有你我亲吻的气息……

是啊，我的朋友、我的恋人，

今日重游养育我们的土地，
你心灵的原野上如万马奔腾——
我胸中的大海里若千浪撞击！

啊，回来吧，我的黄金年华；
啊，回来吧，你的青春花季。
假如光阴还能倒流，
我们将重新勾画爱的轨迹！

（2013年9月）

希望在明天

人生都有美好的梦幻；
总是藏在自己的心间。
默默地奋斗着，
力争到实现。

啊，梦幻、梦幻，
把你的理想思绪引牵。
哪怕登高山、越大河，
任凭波折辗转……

哎，甜中含着苦，
苦中也有甜。
只要你对事业充满爱，
成功的希望就在明天！

（2012年11月）

星　星

夜晚仰望满天星，
分布安身在太空。
你洁白无瑕；
你银亮晶莹。

星星啊星星，
小大不等、光亮不同。
但，都有自己的定位，
共同点缀辽阔的太空。

是啊，你没太阳的光辉，
也无月亮的皎明。
可有一长能与日月媲美——
那就是持久、永恒！

呵，星星——星星，
你是黎民百姓的象征!
……

（2011年4月）

爱在大棚里

鹅毛雪遮掩了大地，
村屯野外行人稀。
排排大棚放帘御寒，
棚菜冬管进于中期。

施肥起垅忙碌完毕，
我和玉娟并坐休息。
她取手绢揩揩汗，
又给我擦去满面汗滴。

"玉娟啊，这些年苦了你。
"作完家务、忙棚里。
"瞧你劳累体渐瘦，
"我看在眼中、痛心里！"

玉娟"嗤嗤"一声笑，
我扭脸瞅她好惊奇。
"老公、我减肥，你也知疼俺啦？
"我可得好好报答你"。

说罢双拳咚咚咚……捶在我肩头。
"嗷，媳妇……好痒哩"……
我起身把她抱在怀——
又是一声"嗤嗤"笑，咱心有了底。

呵，我便转便走进棚屋，
把她放炕上、心中一阵喜。
"叭"，在她脸上亲一口，
那红润笑脸赛月季——

"去，你想干啥？没正经。"
"玉娟……我想……爱爱你！"
拉上窗帘插好门，
玉娟和我沉醉于幸福和甜蜜！
……

（2013年11月）

146

赞 美 你

——"白衣天使"

当第一次见到你，
已牵动着我的双眸。
你的面目白腻清秀，
你的胸脯饱满乳凸，
你的身段俏丽窈窕，
你的下围浑圆丰腴。

啊！你是女性中的姣姣者。
你是模特，你是偶像，
你是天宫下凡的仙女！

噢，有多少男士把你崇拜；
有几多女友心怀羡慕……
而你不在乎别人怎样对待；
始终是热情、温柔和贤淑。
你忠于自己热爱的工作；

每天与药械相伴和患者相处。

啊，你无愧于美名"白衣天使"——
你把青春年华献给医疗事业；
你把患者康复视为天职和幸福！
……

（2014年5月）

情 海 恋

渔家男，居东街；
渔家女，街西头。
日出相约同出海；
夕阳回归手牵手。

爱绵绵，情悠悠，
男儿潇洒女风流。
热恋青春岂长在，
美妙人生能多久？！

有情人恋有情人，
但愿你们永一舟。
妹掌舵哎哥撒网，
恩爱喜乐荡春秋！……

（2014年9月）

后　记

最初我喜欢读小说，每逢外出总是到书店转一转，买几本自己喜欢的书。有一次我在诗词书架前留步，翻阅一下国内出版的诗词作品。又觉得诗歌文体短小精悍、含蓄隽永、读来上口、节省时间，更适合工作之余阅读学习、陶冶情操。于是我就选了几本。从此，我对诗歌作品产生了兴趣，也经常翻阅点。

在以后的漫长岁月中，我把青春年华都献给了辛勤的集体劳动和田园耕耘。少有一点闲暇，读几页书或看一会报，便是我的生活乐趣。那时我想也只有劳动才能解决生活所需，读书看报不过是积累知识，提高人生素质罢了。但我深信：人生事业的成功，靠的是决心、毅力和持之以恒。只要找准目标、付诸行动，就没有做不成的事。走出校园一晃就是十来年光景，时间若大江之水奔流不息……

随后，我迁往吉林省东丰县那时的南屯基公社安家落户。在这里我除了劳动，还兼任过当时大队的农业技术员和林业员，当过小学民办教师，做过当时"吉林日报"和"红色社员报"通讯员，参加过长春"春风"函授青年文学讲习所第三届学习。使我受益匪浅。那时，我在工作之余也写过一点小小说，如"金秋"、"我和她"；诗歌有"春潮"、"烛光"、"风雨路上"等。因为都是习作，不太理想，后来都被否认遗失了。

我晓得，人生的路，有平也有坎，有直也有弯，在平凡的生活中，有喜怒哀乐、也有奔波辗转，为的都是生活的更有人生价值。记得那是在1980年春天，我身为一名民办教师和一位同乡姑娘结了婚，使我有了一个完整的家庭。我们恩爱和睦，生活中充满了快乐。从而使我体会到一种自然而平常的人生道理，那就是"人"，生活的动力与乐趣乃是忠贞不移的爱情。它就是人类社会发展的推动力之一……

我在吉林这片土地上生活的时间较长。包产到户后，同样是劳动、工作和学习。这里也算是我的第二故乡吧。它给予我最宝贵的财富，是对不同地区乡村风俗人情、生产生活方式的进一步体验和深化。使我更加敬重和爱戴，劳作在这片黑土地上的兄弟姐妹和父老乡亲。是他们给了我许多社会知识和教诲……

数年后，已抵中年，看重姐弟之情，我毅然返回老家辽南。然而我总是和劳动有不解之缘，到哪也不能离开。又拾起老家的农具，在自家承包的土地上，一干又是十几年。生活是漫长的，而人生之旅说漫长——则又短暂。这时我在想，一个人即便身体老了，也要保持精神不倒、意志不衰。多做点对社会有益之事。是否把经历、见闻、乡村的巨变记载下来，乃至勉怀今人、激励后辈，给我中华复兴的时代留下一段乡村剪影，这就是我晚年的夙愿所在。可是，采用哪种文体能摄取一个个镜头，成为我思考的重点。思来想去我最终选择了自由诗体，用来叙事，不受文字局限，比较得心应手。所以，我从2009年开始在劳动之余着手撰写诗稿。我的宗旨是："以叙事抒情为主线"，题材来自乡村的各个方面。

　　众所周知，小说讲究虚构，人物塑造和性格刻化等；诗歌讲究有感而发，形象、意象和象征思维。当然也不可否认直抒胸臆。尤其是叙事。我在诗中所写的人、事和物基本上都有实际对象、对我的感化之后而加以叙述的。当然少不了感情，也缺不了感慨。现在我把这些零散的诗稿汇集起来，就组成了这本小册子。以此敬献给这个蓬勃向上的时代及广大世人。

盖坦

2014年5月16日于西安

图书在版编目（CIP）数据

乡村情歌 / 盖坦著.—长春：吉林文史出版社,2015.9

ISBN 978-7-5472-2892-0

Ⅰ.①乡… Ⅱ.①盖… Ⅲ.①诗集－中国－当代Ⅳ.①I227

中国版本图书馆CIP数据核字(2015)第212406号

乡村情歌

作　者	盖　坦	
责任编辑	王文亮	
封面设计	李　越	
出版发行	吉林文史出版社	
地　址	长春市人民大街4646号	
开　本	787mm×1092mm　1/32	
印　张	5	
字　数	100千	
印　数	2000	
印　刷	长春市鑫源印业有限公司	
版　次	2015年9月第1版　2015年9月第1次印刷	
书　号	ISBN 978-7-5472-2892-0	
定　价	22.00元	